浪花朵朵

U0614907

泥巴书

泥巴派和泥巴夹心蛋糕制作大法

[美] 约翰·凯奇 著　　[美] 洛伊丝·隆恩 绘

冯美玲 译

天津出版传媒集团

天津人民出版社

泥巴派

准备一些土

和足够多的水。

和泥巴，
一直和到泥巴
能固定下来。

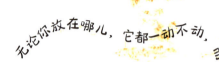

无论你放在哪儿，它都一动不动，

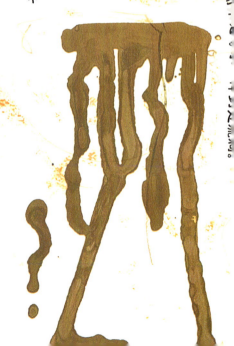

如果泥巴太稀了，

挤一挤，

直到多余的水全都 跑出来。

将泥巴倒在旧报纸上。

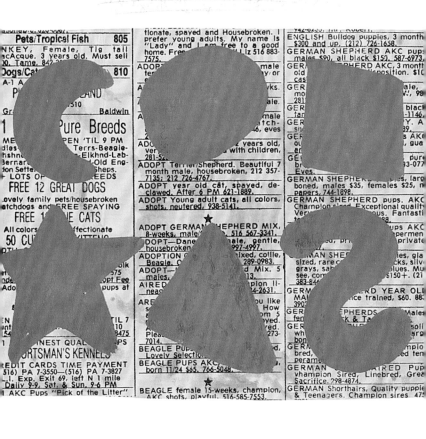

Pets/Tropical Fish 805

NKEY, Female, Tig tail
...cAcque. 3 years old. Must sell
...0. Tame. 842...

Dogs/Cat... 810

A-1 A...
P... ...AND
Gr... ...510
Baldwin

Pure Breeds
ME... ...PEN 'TIL 9 PM
...dies ...Terrs-Beagle-
...hshno ...-Elkhnd-Leb-
Bernar... ...Old Eng-
...ion Sette... ...Sheps.
... LOTS OF ...REEDS
FREE 12 GREAT DOGS
...ovely family pets/housebroken
...atchdogs and FREE SPAYING
FREE 1... ...E CATS
All colors ...ffectionate
50 CU... ...ITTENS

...olk
...575
...de... ...opt Fee
Ado... ...pups at

N ...TIL 7
...nt... ...10
...4 ...9475
1 ...NEST QUAL... ...PS
...ORTSMAN'S KENNELS
...EDIT CARDS TIME PAYMENT
...316) PA 7-3550—(516) PA 7-3827
...I. Exp. Exit 69, left N 1 mile
Daily 9-9, Sat. & Sun. 9-6 PM
... AKC Pups "Pick of the Litter"

...ionate, spayed and Housebroken. I
prefer young adults. My name is
"Lady" and I am free to a good
home. Fre... ...Liz 516 883-
7575.

ADOPT... ...male
ter... ...ay or

A... ...ks.

A... ...ale.

... ...male
...6, eves

ADO... ...years old,
ver... ...with children,
281-5...

ADOPT Terrier/Shepherd. Beautiful 7
month male, housebroken, 212 357-
7135; 212 726-4767.

ADOPT year old cat, spayed, de-
clawed. After 6 PM 621-1889.

ADOPT Young adult cats, all colors,
shots, neutered, 938-5141.

★

ADOPT GERMAN SHEPHERD MIX,
8-weeks, male/...   516 567-3341.
DOPT—Dane... ...male, gentle,
housebroken...   ...997-4997.

ADOPTION ... ...nixed, collie,
Beagle. O...   289-0983.
ADOPT— ...d Mix. 5
males...   ...13.

AIRE... ...mpion li-
neas... ...4-2631.

ARE... ...ou like
s... ...How
...om 5
...oved.
Plea... ...red.
7014.   ...273-

BEAGLE Pup...
Lovely Selectio...
BEAGLE PUPS AKC
born 11/24 $65. 766-5048.

★

BEAGLE female 15-weeks, champion
AKC shots, playful. 516-585-7553.

...42-6...: mr. Robert...
ENGLISH Bulldog puppies, 3 month
$300 and up. (212) 726-1658.
GERMAN SHEPHERD AKC pups
males $90, all black $150. 587-6973.
GER... ...HERD AKC, 3 month
old ...position. $1...
cas...

GER... ...ale,
mo... ...V., 98
281...

GE... ...black
...far... ...-1146.
GER... ...Y. A
...sn... ...89.

GE...
ou... ...gua
...y

GE... ...pure
...33-077
Eves...

GERMAN SHEPHER... ...ies, fawn
boned, males $35, females $25, no
papers, 744-1898.

GERMAN SHEPHERD pups. AKC
Champion ...ed Exceptional size
Ver... ...ous. Fantasti...
...88.

...ups AKC
...permen
...y, pri... ...private

...RMAN SHE... ...ies, gla
sized, rare c... ...cks, silv
grays, sab... ...blues. Mu
see, cham...   ...$150+. (21
383-846...

GERM... ...RD YEAR OL
MA... ...ce trained, $60. 617-
390...

GER... ...EPHERDS ...Males
fem... ...k & T...

GER... ...soli
wh... ...ale
bon...

GER... ...mplo
bred, ...ed ten
peram...

GERMAN ... ...AIRED Pup
...hampion Sired, Linebred, Grea
Sacrifice. 298-4874.
GERMAN Shorthairs, Quality puppie
& Teenagers. Champion sires 475

然后拿到室外，
找个不滴水的地方，
放在阳光下，
烤一烤。

泥巴夹心蛋糕

筛

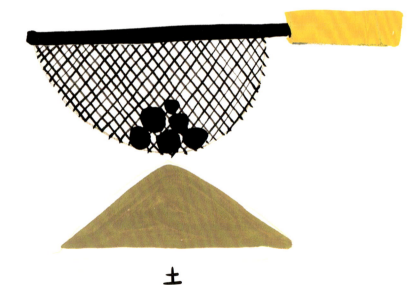

土

土里一个小卵石都不能有，
　　但是也别着急扔掉，
留着它们——
一会儿你会用得着。

如果土块过不了筛子，

用脚踩一踩， 或者

用石头砸一砸。

＊小心你的手

一直筛，

直到装满四个杯子。

如果筛出的小卵石不够一杯……
那就再找一些，直到把一杯子装
满……

4 杯土和 **2** 杯水可以做成一块很棒的泥巴，除非你的土太干了——那你可能需要多些水。

如果碰巧刚下过雨，那你可能一点儿水都不需要，因为它已经在土里了……

小卵石

和泥巴！

将一半泥巴做成的派放在一个派饼盘里，

将另一半泥巴派放到另一个派饼盘里。

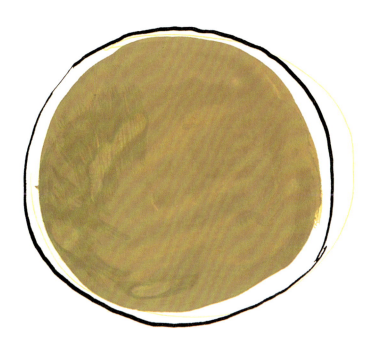

将泥巴派放在大太阳底下烤一烤，

直到它们变得比派饼盘小一圈。

在泥巴派上面放一块硬纸板，

然后，翻倒过来。

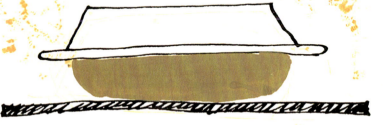

拿开派饼盘，

如果粘着分不开，就是还没烤好，
你就要再等一等。

在另一块
泥巴派上面，
放一个平底盘——握住两个盘子——将

一起翻过来——这样的话，

派饼盘在
上面

泥巴派在
中间

平底盘在
下面

就像个三明治。

拿开派饼盘，
把小卵石一个一个地，
轻轻按在泥巴派上面，
一定要快一点，
必须在泥巴派变干之前完成，
否则，它们就会滚下来。

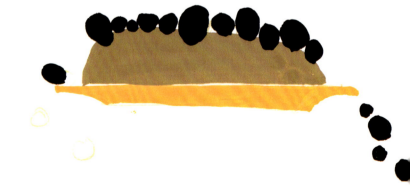

把另一块泥巴派
放在小卵石上面。

如果泥巴有裂缝，就往裂缝里加点儿水，
然后轻轻推一推，把裂缝再推回到一起去。

如果是生日蛋糕，
干蒲公英
可以变成漂亮的生日蜡烛。

许个愿吧!

然后，吹灭所有蜡烛！

泥巴派是用来制作

和欣赏的，

可不能吃哦！

图书在版编目（CIP）数据

泥巴书 / (美) 约翰·凯奇著；(美) 洛伊丝·隆恩
绘；冯美玲译. -- 天津：天津人民出版社，2019.9 (2025.11重印)
书名原文: Mud Book: How to Make Pies and Cakes
ISBN 978-7-201-15045-1

Ⅰ. ①泥… Ⅱ. ①约… ②洛… ③冯… Ⅲ. ①儿童故
事-图画故事-美国-现代 Ⅳ. ①I712.85

中国版本图书馆CIP数据核字(2019)第261923号

First published in the United States by Princeton Architectural Press

简体中文版权归属于银杏树下（北京）图书有限责任公司

著作权合同登记号：图字02-2019-229

泥巴书
NIBA SHU

[美] 约翰·凯奇 著；[美] 洛伊丝·隆恩 绘；冯美玲 译

出　版	天津人民出版社	出 版 人	刘锦泉
地　址	天津市和平区西康路35号康岳大厦	邮政编码	300051
邮购电话	（022）23332469	电子信箱	reader@tjrmcbs.com
出版统筹	吴兴元	选题策划	北京浪花朵朵文化传播有限公司
编辑统筹	冉华霞	责任编辑	王　净
特约编辑	蒲红叶　韩　伟		
营销推广	ONEBOOK	装帧制造	墨白空间·唐志永
印　刷	天津裕同印刷有限公司	经　销	新华书店经销
开　本	787毫米×1092毫米 1/48	印　张	1
字　数	7千字		
版次印次	2019年9月第1版　2025年11月第7次印刷		
定　价	29.80元		

官方微博：@浪花朵朵童书
读者服务：reader@hinabook.com 188-1142-1266
投稿服务：onebook@hinabook.com 133-6631-2326
直销服务：buy@hinabook.com 133-6657-3072

后浪出版咨询（北京）有限责任公司 版权所有，侵权必究
投诉信箱：editor@hinabook.com　fawu@hinabook.com
未经许可，不得以任何方式复制或者抄袭本书部分或者全部内容
本书若有印装质量问题，请与本公司联系调换，电话010-64072833